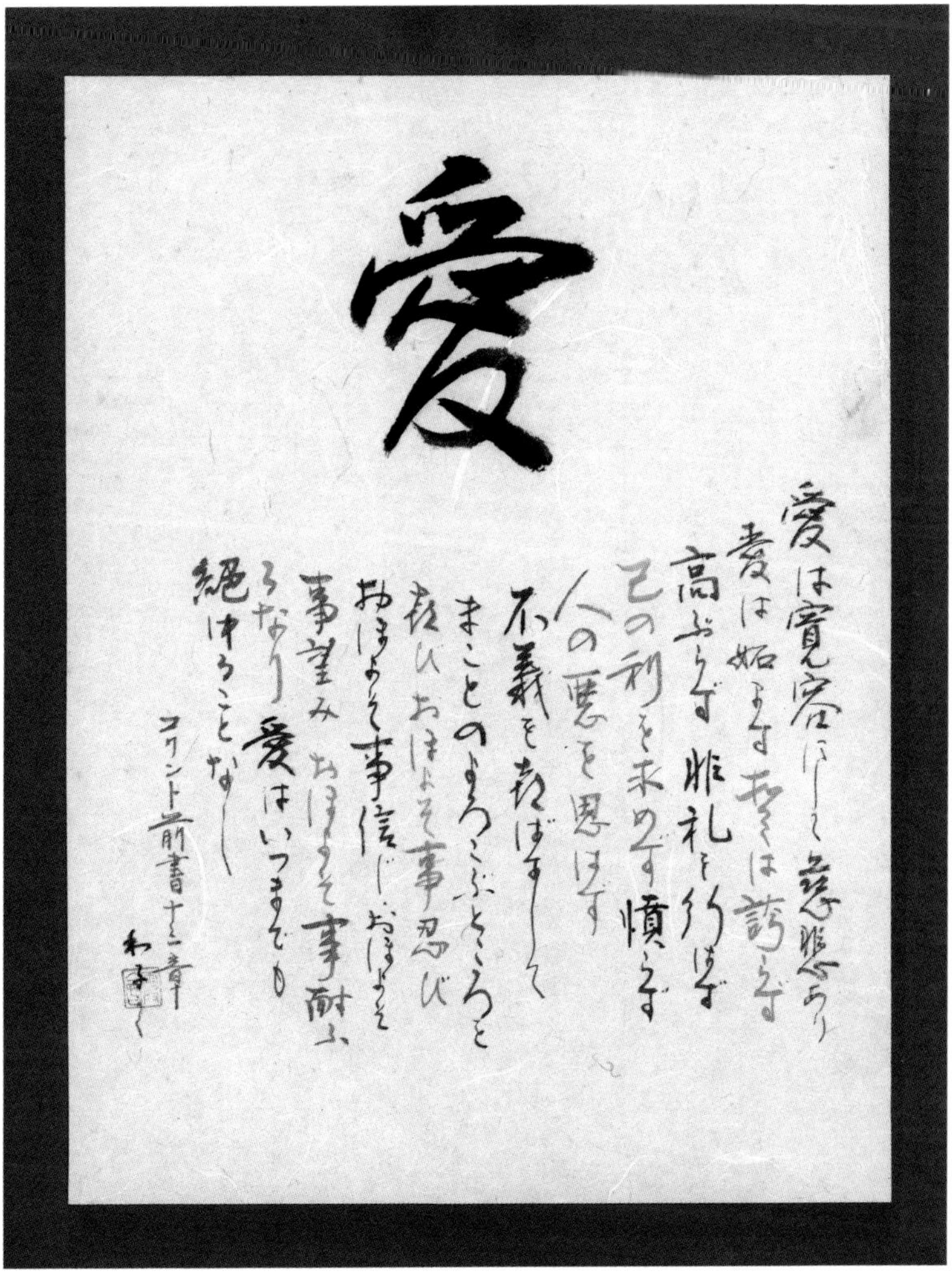
愛
愛は寛容にして慈悲あり
愛は妬まず 愛は誇らず
高ぶらず 非礼を行はず
己の利を求めず 憤らず
人の悪を思はず
不義を喜ばずして
まことのよろこぶところを
よろこび おほよそ事忍び
おほよそ事信じ おほよそ
事望み おほよそ事耐ふ、
るなり 愛はいつまでも
絶ゆることなし
コリント前書十三章
和子

目次

春夕焼

昭和四九年〜五九年

人小さし　濡れて大地の　芽吹く中
水やれば　吸ふ音のして　櫻草

胸に詩《し》の　ふくらむに似て　沈丁花

かすかなる　風がこぼせり　花大根

壺に注ぐ　水の音階　春隣

菜の花や　どの子にも陽の　やはらかき

大空を　廻り舞台に　春の雲

春夕焼　くぐりてみたき　雲の裏

受難日※の　棕櫚《しゅろ》打つ風の　夜へつづく

新緑光　ねむりしままに　受洗の児

※イエス・キリストの十字架上の死を記念する日。聖金曜日。

暁の　雲ひかり合ふ　復活祭

花冷えや　一つずつ消す　ミサの燭

子の心　知らざる悔や　花苺

片道切符　たずさえ吾子《あご》の　巣立ちけり

どこかに縁　つながる京や　春隣

薔薇の芽や　子に育つ愛　ゆたかなれ

いと小さき　ものに雛《ひいな》の　琴の爪

嫁ぐ子に　終《つい》の雛《ひいな》を　飾りけり

子にゆずる　真珠わが掌《て》に　あたたかし

嫁ぐ子に　残る子に煮る　苺ジャム

留袖を　たたむやうるむ　春の星

大空に　道あるごとく　燕来る

辰雄忌の　そよぐものみな　緑なる

胎動に　触るる双手《もろて》や　聖五月

青芝に　吹かるるは誰《た》が　弥撒《ミサ》ヴェール

薔薇の芽の　祈る掌《て》に似て　天を向く

木の芽煮る　香を八方に　青嵐

蕗《ふき》を煮て　訪《と》へば蕗煮る　母もまた

聖五月　きょう命名の　子の名呼ぶ

打水や　父の愛せし　木々匂ふ

児《こ》の描く　母の日の母　ももいろに

土かけて　祈るに似たり　梅雨挿芽《さしめ》

魚簗《やな》越えむ　鮎の若さの　吾《われ》に欲し
避暑期待つ　落葉松《からまつ》はいま　背のびして

軽井沢にて

荒鋤《す》きの　土の匂ひや　麦の秋

麦秋や　根付くがごとく　田に農夫

夫《つま》よりも　姑《はは》との月日　木の芽摘む

でで虫や　そのうち解《わか》る　日もあらむ

人来ては　人去る沙羅の　夕翳《かげ》り
泰山木《たいざんぼく》　一花《いっか》を天の　供華《くげ》として

なびく葭《よし》　さわぐ真菰《まこも》や　夕蛍

屋根石に　木曽の白雨の　音粗き

羅《うすもの》に　明治の姑《はは》の　気骨見え
いいわけの　喉にくずるる　冷奴

もう姑《はは》に　聞こえぬものに　宵囃子《よいばやし》
祇園会《ぎおんえ》に　映えて洛中　洛外図

冷え過ぎし　グラスの向う　側に秋

路地の陽《ひ》に　路地の花咲き　しじみ蝶

遊動円木《ゆうどうえんぼく》　揺るるよ今朝の　秋乗せて

小春日を　浴ぶ児《こ》の産毛　きんいろに

風湧きて　椎の匂へる　夕祷会

きのふより　けふ高き空　泡立草

秋燕《しゅうえん》や　子と棲む月日　限られて

頼られし　幸のいつまで　※木の葉髪

※晩秋から初冬に頭髪が多く抜けることを木の葉が散る様にたとえる言葉

親ばなれ　子ばなれ秋風　飄々と

離れ住む　子を思ふ夜の　栗を剥《む》く

破蓮《やれはす》や　老いても芯は　明治びと

菊なます　赦しゆるされ　来し月日

雁鳴くや　離愁いくたび　くぐり来て

梢ほど　風に素直や　竹の秋

銀杏黄葉　降るよ詩片の　降るごとく

明日は子の　来るかも小《ち》さき　蒲団干す

新諸《いも》を　母の手撫《な》づる　ごと洗ふ

枯れ草の　温《ぬく》みに座して　孕《はら》み牛

ひと言を　伏せて夜寒《よさむ》の　電話置く

子にさへも　届かぬ愛や　冴返る

塔見ゆる　辻に風避け　酢茎売

枯るるもの　枯れて月光　余すなく

子には子の　音あり隔つ　冬灯《とも》し

末の子の　性《さが》のからりと　凧の空

冬芽凜と　ありてたじろぐ　花鋏

云ひすぎし　言《こと》ひろひつつ　葱刻む

柚子風呂の　湧きもう子等の　帰るころ

セロリの香　効きて夜寒の　スープ濃し

われに児《こ》の　告げたきは何　咳込みて

サンタ来る　知らぬ妹と　識る兄へ

呼声の　程は売れずに　歳の市

赤信号　ばかりがながし　日の短か

何するも　問ふ姑《はは》の在り　年※用意

※お正月の用意

どの顔も　明日うたがはず　晦市《みそかいち》

滔々《とうとう》と　水ゆく音や　去年今年《こぞことし》

おけら火の　輪の中にあり　京の町

風去りぬ　冬満月を　置きざりに
うがひする　音の高低　寒波来る

蓑虫は　洒落者《しゃれもの》彩葉《いろは》　かさね着て

冬将軍　落とせしマント　しろがねに

嵯峨豆腐　売れ足はやし　雪催《もよ》ひ

雪といふ　いとしずかなる　ものの音

※涅槃西風《ねはんにし》　ころり逝きたき　人ばかり

身の内の　鬼へ噛みをり　年の豆

※陰暦二月十五日（釈迦入滅の日）この頃吹く風のこと

闇すでに　春のけはひの　柔らかし

春炬燵《ごたつ》　遺されし身の　よりどころ

預りし　児《こ》といて日永《ひなが》　ことさらに
ねむる嬰《やや》の　拳《こぶし》ほぐれて　四温なる

喪のしらせ　老《おい》には告げず　枯木星

なずな粥　沸々《ふつふつ》姑《はは》の　寝覚《ねざ》め待つ

麦の芽や　神の試煉の　つづくとも

万象の　詮なく枯《かれ》に　従へり

陽当たりの　すでに移ろひ　冬座敷

句日記に　夫《つま》あり子あり　あたたかし

地の讃歌

昭和六十年～六三年

春さぐる　みちくさ賀茂の　川原まで

芽吹く野の　せせらぎは地の　讃歌とも

リラの芽や　野の教会は　畳敷

入園児　まはらぬ舌に　主の祈り

雛を折る　母の指より　春生《あ》れて

来ぬひとを　姑《はは》待ちあぐむ　日永《ひなが》かな

ひとひらの　散りてつづかず　朝桜

花さそふ　風の彼方に　夕比叡

御俥《おぐるま》の　青葉がくれや　加茂堤

葵祭

常となる　瀬音や加茂の　祭果て

葵祭

母がりへ　持つ筍の　茹で加減

草餅や　ひとの秤《はかり》に　合はぬ幸

草萌や　ひたむきに問ふ　子の瞳

でで虫や　どこか隙ある　人が好し

この店の　この味噌味よ　柏餅

子等の来て　時※の日の時　さらひけり

※時の記念日

雫して　さみどり匂ふ　土佐水木

梅雨満月　大いなるものに　支へられ

おほかたは　氣付かぬ幸や　※額《がく》の花

※額あじさい

遠からず　父となる子へ　浴衣縫ふ

絵付師の　一筆に鮎　光りけり

青あらし　竹百幹を　従へて

青梅雨の　青の貼りつく　露地畳

けふ沙羅の　白さあらたや　朝戸繰る

土用芽や　木々それぞれの　色もちて

水打ちて　瓢亭午《ひる》の　烟《けむり》出す

屏風まつり　奥に奥ある　京構《がまえ》

この町に　生れて嫁《か》して　鉾囃子

鉼消えて　音なき風に　吹かれけり

時ゆるく　ながれ茶房の　花氷

老い姑《はは》の　団扇《うちわ》ひとつを　暑の楯《たて》に
大暑なり　寡黙の夫《つま》の　ことさらに

負けぬ氣の　明治の姑《はは》も　暑に負けて
米が目を　まはすほど研ぎ　大暑なり

幼な児《ご》へ　吾《われ》も語り部《べ》　終戦日

蓮散るや　葉裏を返す　風白き

淡々と　生きたし風の　罌粟坊主《けしぼうず》
空しさに　出て秋風と　遇ひにけり

萎えし心　揺るる野萩の　風にさへ
露の世の　清きもののみ　見つめたし

友をふと　遠しと思ふ　夕野分[※]

ひそやかに　野菊はきそふ　こともなし

※夕方に吹く強い風

逝きて知る　その人柄や　露万朶《つゆばんだ》※

※露がいっぱいついていること

樹々こぼす　露のしとど※や　森覚めて

※たくさん

朝露の　あらたやけふの　いのち充つ

白鷺の　水に秋思の　翅《はね》たたむ

子を送り　名残の月に　歩を返す

またひと日　看とりに暮れて　木の葉髪

貼り替へて　みたき心の　破障子《やれしょうじ》

案山子《かかし》より　褪《あ》せて農衣の　干されをり

奥丹波　霧がはぐくむ　栗大き
柿の皮　くるくる若さ　とどまらず

子の婚の　迫り彩《いろ》増す　酔芙蓉

子の幸は　わが幸仰ぐ　秋夕焼

膝下《しっか》より　冬来るけはひ　螺旋階《らせんかい》
散り尽くし　悟りの相の　冬欅《けやき》

押入れの　ここにも寒の　棲みつける

応《こた》へなき　老《おい》との日々や　冬の雨

冬ぬくし　喪の旅なれど　母と並《な》み
そのひとに　その人の香や　雪蛍

顔見世の　幕間を充たす　京言葉

夫《つま》よりの　終《つい》の賞与の　重みかな

新雪の　無韻の讃歌　聴こゆけり

卒寿には　卒寿の孤独　冬深む

遠孫の　産声聴こゆ　春立つ日
保育器に　ひとつの生命　年迎ふ

這ふのみの　姑《はは》なり縁に　冬日濃き

姑《はは》の辺《べ》に　豆煮て寒の　戻りかな

沙羅の風

平成元年〜五年

祈《ね》ぎごとも　悔も諸々　春の闇

聖鐘や　地に花白く　復活祭

下萌や　神の息吹は　みどりかも

辛夷《こぶし》咲く　移らふものに　関《かかは》らず

連翹《れんぎょう》の　黄の交錯や　風あふれ

鳥籠の　菜のさみどりに　春隣

春愁や　琴ひき寄せて　弾きもせず
夕鐘の　余韻かすみと　なりゆけり

鴨川の　流れの帯に　花のいろ

初蝶の　ひかりに生《あ》れて　風に消ゆ

老幹へ　耳押しつけて　さくら守

橋の名も　都ぶりなり　紅しだれ

誰も居ぬ　うしろの正面　春の月

小突かれて　縮む飯蛸　買はれけり

着てみたき　春夕焼の　空の色
花虻《あぶ》の　ひとり遊びや　藤暮れて

七彩《なないろ》は　誰《た》が運筆ぞ　春の虹

母の日の　母聞こえずも　輪の中に

緑蔭や　荷のごとおろす　籠の嬰

初蝶や　声より走る　紐《ひも》電車

青梅雨や　石それぞれの　彩《いろ》ふかめ

筆措きて　聴くともなしに　沙羅の風

人さすり　来し掌《て》を擦《さす》る　青葉冷

春雷や　病みて識る腑の　ありどころ

待つ思ひ　子育てに似て　牡丹の芽

聖鐘の　音を歪つに　青あらし

へちま水　母の鏡台　小ぶりなる

白日傘　いよよ細身の　母容《い》れて

笊《ざる》するり　逃る泥鰌《どじょう》の　いのちかな

泥鰌《どじょ》っ子の　ひと声残し　裂かれけり

板前の　気負《きおい》や祭　明日にして

蛸の上　蛸ののたうつ　魚の棚

大夕立《おおゆだち》　立ち読みの子ら　一掃す

訃はいつも　不意なり胸に　日雷

紫陽花に　暮色降りくる　みむろ坂

でで虫や　姑《はは》の視野より　抜けられず

いつよりか　天意信じて　涼しかり

野牡丹の　あすを数へて　凡夫婦

青梅雨を　灯し馬籠の　蔵茶房

馬籠にて

友禅の　彩目《いろめ》涼しく　瀬に流れ

夏めくや　縞一筋の　博多帯

喜雨つぶて　乾ききったる　地の匂ふ

旅の日を　計りて漬けぬ　茄子胡瓜

くわがたを　預け子なりの　旅仕度

終戦忌　軍馬百万の　死もありと
大文字の　闇をしぼりて　消えゆけり

めぐる忌の　白雨たばしる※　父の墓

※激しく飛び散ること

蛍火や　亡父に聞きたき　ことひとつ

※生身魂《いきみたま》　けろりと無理を　申さるる

秋暑なほ　生きる大儀を　姑《はは》の眼に

※お盆に孝行する生きている長老のこと

姑逝去　平成四年九月

姑《はは》の座に　姑の影なし　秋簾《すだれ》

何すべく　来しや遺影の　間の冷えて

水澄むに　似て透きとほる　過ぎし日々
箍《たが》ゆるぶ　身を秋風の　吹きぬけて

杉箸の　かろし忌明《きあけ》の　新豆腐

姑《はは》に明け　姑に暮れたる　古日記

野をわたる　風透明に　秋ざくら[※]
こころ無に　秋夕焼に　染まりけり

※コスモス

風船かづら　種のいのちの　音かすか

手《た》折る間も　空へ旅立つ　芒《すすき》の穂

人惜しみ　刻《とき》惜しみつつ　逝く秋か

どこよりを　天といふらむ　鳥雲に

掃き切れぬ　落葉しぐれを　仰ぎけり

黄落《こうらく》は　神のちぎり絵　風囃《はや》す

穂芒《ほすすき》を　染めて入日の　最上川

山形にて

芋煮会　野良着もまじり　茶碗酒

山形にて

手焙《あぶ》りつ　彫る天童の　将棋駒

山形にて

月光に　佇《た》つ裸木《はだかぎ》の　無一物《ぶつ》

耳が知る　紙一枚の　隙間風

鏡屋の　奥に奥あり　冴返る

あるがままの　枯木の姿　見て飽かず

雪舞ふや　中空に日の　繭ごもり

からすみを　薄く庖丁　始《はじめ》かな

初ミサや　聖玻璃《※せいはり》の彩《いろ》　身に流れ

※ステンドグラス

ひとときを　闇の斑《ふ》と舞ふ　牡丹雪

雪の夜や　聖句に落とす　目の鱗《うろこ》

羽箒の　音の幽《かす》かや　炭手前

春障子　音なく降れる　ものの影

雪に舞ひ　けふ花に舞ふ　ゆりかもめ

茶粥煮る　春炉や雨の　峠茶屋

風日和

平成六年〜十年

沈黙の　とき過ぎ辛夷《こぶし》　ひらき初《そ》む
野水仙　陽を恋ふ唇《くち》を　とがらせて

堀川牛蒡《ごぼう》　解くやこぼるる　春の土

初音※待つ　日だまりに歩を　ゆるませて

※鶯の最初の鳴き声

せめぎあふ　枝紅梅を　天に撒く

紅梅の　枝の先まで　血通ふや

薄紙を　はがれし雛の　目と合ひぬ

雛の日の　嬰《やや》に冷ましぬ　花菜粥

虫除けに　袂《たもと》ふくらみ　納め雛

指切の　約束重し　春の風邪

眠りたる　嬰《やや》の重みや　花ゆうべ

紙芝居　飴買はぬ子も　花かげに

こころして　磨く燭台　四旬節※

久々に　立つる琴柱《ことじ》や　花の雨

※灰の水曜日から復活祭前日までの期間。大斎節。

泣き面の　帰りは嬉々と　入園児

花しぐれ　午後の校門　片開き

ふうわりと　膝に来ており　春着の子

佛檀の　子の目の高さ　さくら餅

三つ目は　傍目《はため》盗みて　草の餅

母の歩に　花野の風の　添ひゆける

暮れて鳴る　添水《そうず》や八十八夜寒

花合歓《はなねむ》や　嬰《やや》が知りゐる　抱き上手

はちきれて　莢《さや》えんどうの　子沢山

母の日の　椀にほぐるる　湯葉の渦

朴葉鮓の　青き香りや　旧端午

帰省子の　背を伸ばしをり　青畳

木の芽ぽんと　叩けばにほふ　姑《はは》との日

供ふるや　蚕豆《えんどう》の湯気　うすみどり

山車蔵《だしぐら》の　閂《かんぬき》重し　走り梅雨

点《とも》りける　籠の蛍を　袖囲ひ

やどかりの　身の程の殻　えらびたり

云はで足る　夫婦となりて　古茶淹《い》るる

夏足袋や　湿り程よき　千家露地《せんけろじ》

花街の　盛塩くずる　半夏雨《はんげあめ》

那智の天　突き上げ神の　楠萌ゆる

那智勝浦にて

一切の　音大滝に　吸はれけり

那智勝浦にて

老僧へ　幼《おさな》の送る　団扇風《うちわかぜ》

冬瓜の　大き顔して　売れ残る

※空蟬《うつせみ》を　重しと草の　息づかひ

※せみの抜けガラ

※普請場《ふしんば》に　木の香まみれの　三尺寝

※建設現場

霧のみが　越えゆく山路　ほととぎす

箱根にて

大佛さまに　供ふ西瓜の　小さきかな

鎌倉にて

黴《かび》匂ふ　呉服老舗の　大そろばん

のし茣蓙《ござ》に　母夏やせの　膝折りて

喪主の目の　物いひたげや　青葉冷

身の秋や　一夜でとれぬ　喪の疲れ

何となく　分け入りたくて　芒《すすき》原

灘へ向く　千の穂芒《ほすすき》　ひかり曳き

花鋏の　音にも萩の　こぼれけり

しぐるるや　旅の息つぐ　野の聖堂

小豆干す　婆《ばあ》も干されて　粗筵《むしろ》

※新走り《あらばし》　昼を手締めの　蔵二階

※新米を収穫後すぐ醸造した新酒

竹秋の　風棲む庵の　貴人口
水田《みずた》昏《く》れ　片割月の　影ゆるる

楢《なら》落葉　乾び鳴りして　夫婦旅

蒼天の　穂高全し　漆《うるし》の実

信州にて

夫《つま》も子も　剝《む》かねば食べぬ　柿たわわ

裸木に　からす服喪の　羽づくろひ

身の透けし　秋蚕《あきご》に孤独　はじまりぬ

秋翳《かげ》り　半畳を出ぬ　蚕《こ》の一生

おのが身を　小《ち》さしと思う　寒夕焼

からまつの　こがね光りに　冬落暉《ふゆらっき》

裸木《はだかぎ》に　はだか木の艶　風日和

とぎれつつ　風の笛過ぐ　霧氷林

灯《ひ》ともすや　繭ごもるかに　冬山家

遠き子へ　ちかき思ひの　夜寒かな

譲られし　席に冬日の　やはらかき
冬ばらに　崩るる力　なかりけり

ガス燈の　仄明《ほのあか》りして　運河凍《い》つ

小樽にて

風涸《か》るる　寝墓に露の　レクイエム

天草にて

影正す　野の万象や　大旦《おおあした》※

※元旦

年玉の　たし算十《とお》の　指ひろげ

咳の子に　日ぐすりという　妙薬も

子ら帰し　和服の夫《つま》と　四日酒

「い」の桟敷《さじき》　寒紅の妓《こ》の　身じろがず

終幕の　余韻ショールに　包みけり

しらさぎの　舞初め艶に　水鏡

列風が　研《と》ぐ寒林の　幹のいろ

雪吊の　影を正せり　無音界《むいんかい》

聖盃の　われにも充てり　ザビエル忌

万の芽の　黙《もだ》ふかく待ちし　冬桜

白髪は　老の冠　梅にほふ

相槌も　打たねば餅も　焙《あぶ》らねば
おぼろ夜や　巻かずじまひの　脳の捩子《ねじ》

水の讃歌

平成一一年〜一五年

さみどりの　光抱きて　蕗《ふき》の臺

土擡《もた》ぐ　芽のやはらかき　不思議かな

背を正し　袴正して　つくしんぼ

四隅より　乾く布巾や　梅日和

※修二会《しゅにえ》待つ　御堂に届く　竹の青
花を掃く　得度の僧の　青つむじ

※東大寺　お水とり

大試験　いよよ刻充つ　時計塔

受験子の　粧《よそお》はずゐて　眉美《は》しき

隣家の　まんさく覗く　きのふけふ

つま立ちて　子の投函す　春隣

一湾の　無音浄土や　春夕焼

潜みたる　万《ばん》の夢売る　種物屋

「勤勉」の　額の下《もと》なる　朝寝かな

たんぽぽの　天真爛漫　日は真上

風を聴く　巣立遅れの　雛一羽

春愁や　ひとつ開かぬ　貝の口

言伝《ことづて》の　何処でどうやら　夕おぼろ
喉すべる　白魚に骨　ありやなし

新じゃがに　とろりとバター　昼睡《ねむ》し

これといふ　名の無きが佳し　草の餅

さくらんぼ　返事よき子の　腰重き

夏蜜柑　剝くを大儀と　指が言ふ

菖蒲田に　風いくすじや　水曇

山吹の　染めしや黄蝶　舞ひ立つは

肌着ごと　湯浴むみどりご　若葉光

若鮎の　ついと行先　変更す

岩ばしる　水の讃歌や　若葉季《どき》

東北にて

山門に　梅雨の海容れ　瑞巌寺

東北にて

花胡桃《くるみ》　賢治のくには　風のくに

東北にて

白樺の　幹にさゆらぐ　若葉影

東北にて

かりがねや　浜の地蔵に　貝の数珠

賽銭の　汐錆青し　神の留守

飛魚に　染む空の青　海の青
サーファーの　忽《そっ》と隠るる　波の裏

児を確《しか》と　抱へて主婦の　汐干狩

水に透く　千の浅蜊《あさり》に　千の柄

兄おとと　喧嘩あづけて　氷菓舐む

小さき手に　父の日の靴　磨きをり

雨湛《たた》へ　泰山木《たいさんぼく》は　宙の花

山よりの　白雨がさます　地のほてり

落し蓋　盛り上げてゐる　おこぜかな

何もせぬ　ひとときの贅　貝風鈴

薬より　笑へと老医　うちは風

離れては　寄りては※峡《はけ》田《た》　植《う》う夫婦

※崖下の田んぼ

水に覚め　踊りに暮るる　郡上《ぐじょう》かな

郡上八幡にて

角帯の　角とれしほど　踊りけり

郡上八幡にて

幾万の　鰻火攻めの　土用かな

祭鮨　破れうちはを　荒使ひ

麦青し　二才児にはや　否《いな》と応《おう》
たった今　友だちできし　水遊び

鱧の花　白し湯くぐり　水くぐり

鰊味　なじませ茄子の　包丁目

三画《さんかく》の　刎《は》ね美しき　大文字

花火師の　尺玉据ゑる　闇の底

風白し　まだ色持たぬ　古代蓮

蓮の葉の　おほらかに風　孕《はら》みける

れんこんの　穴の九つ　秋の風

盛られては　滑る鰯や　錦市

空缶《あきかん》の　転がり上手　風の秋

駈《か》けたがる　落葉をしかと　竹箒

ゆるやかに　胡麻摺る音や　夜の秋

老の手の　ひよいと摑《つか》みし　稲の出来

真青なる　空を余白に　ななかまど

信州にて

からまつの　黄金びかりや　山泊

信州にて

根榾《ねほだ》燃え　ソルダムジャムの　甘酸ぱき

信州にて

冴ゆる夜の　星の宴に　耳澄ます

信州にて

くるりくるり　風走りして　朴《ほお》落葉

信州にて

無骨なる　指にようこそ　赤とんぼ

信州にて

下草も　身のほどの露　いただきて
芋の露　ひと言といふ　重きもの

吾が靴の　小さし居並ぶ　登山靴

上高地にて

※鴛鴦《おし》と云えど　午後は孤高《ここう》を　通しけり

※おしどり
上高地にて

湯に抱く　母の針目の　柚子袋

ぬくもりと　いふかたまりの　嬰子《ややこ》かな

炉火《びび》赤し　座ぶとんに足る　児の熟睡《うまい》

笑栗《えみぐり》や　膝つきて聞く　子の内緒

千両や　万両やとて　庭狭き

百合根手に　さて食べやうか　植ゑやうか

顔見世の　雪降るさまの　太鼓かな

寒弾きの　津軽三味線　地を揺する

聖夜待つ　ドレスアップの　ケーキたち

裸木《はだかぎ》と　なるまで風の　根気かな

古き戸の　みな艶めきて　年迎ふ

スカーフに　染めてもみたき　初茜

賀客らの　ブーツにかくれ　ベビー靴

画布に描く　松に今年の　墨のいろ

まづ風を　捉へし兄の　凧上がる

たわし触れ　あかぎれ声を　あげにけり

曳き摺《ず》らる　大鰤《おおぶり》に市　動きだす

途切れたる　夫《つま》の言待つ　隙間風

ひもすがら　水鳴る社家や　冬木の芽

酒の銘に　似たる四股名や　場所初

黄落

平成一六年〜一九年

黄を溜めて　野辺の低きに　福寿草

土割つて　出《い》でし蕨《わらび》の　はじめはぐう

椀に透く　鳴門そだちの　新若布

祝《ほ》ぎの日の　金平糖に　春のいろ

泊ると言ひ　帰るといふ子　春の星

クレヨンの　長短残し　卒園す

つつきみる　嬰《やや》のほっぺと　草の餅

ぽんぽんダリア　児《こ》は思ふこと　口々に

もう母の　歯に合ひませぬ　泥鰌《どじょう》鍋

雛流し　吾《わ》も人波に　溺れつつ

会ふ母の　笑顔よき日や　みむらさき

八十《やそ》われを　気遣う母や　福寿草

母一〇三歳

しかと押す　銘菓の印や　利休の忌

何よりも　畳の恋し　花疲れ

母逝去　平成九年四月　一〇三歳

山藤や　天寿の母の　野辺送り

薺《なずな》打つ　すとんとんとんとん　母の唄

明易《あけやす》の　夢路に母の　おじゃみ唄

受難日や　母の形身の　杖つきて

春愁や　ミルクの膜の　貼りつきて

強がるは　さみしき子かも　豆の花

一房の　早やさんざめく　花馬酔木《あしび》

万緑や　天地創造　思ひけり

焙《あぶ》られし　新海苔海の　いろ覚ます

豌豆《えんどう》剝《む》く　かたへに母の　居るけはひ

樹々煽《あお》る　風の青さや　辰雄の忌

鷺草の　飛びたき翅《はね》に　雨の粒

生き生きと　植田の今や　少年期

雨上り　夕ひぐらしの　天を占む

山椒昆布　腕におぼえの　鍋返し

天瓜粉《てんかふん》　夫《つま》に小さき　いくさ疵《あと》

艶やかな　具足重かろ　兜虫

裸子てふ　ふはりと軽く　重きもの

白樺の　幹にイニシャル　風は秋

蓑虫の　孤独をあやす　風の楽

心けふ　どこへも行かず　障子貼る

季語撰《よ》るは　たのし栗餅　焙りつつ

湯上りの　素肌にまとふ　秋の冷

子よごらん　夕日の色の　いわし雲

恩寵《おんちょう》の　身を黄落《こうらく》に　立ち尽す

手をひろげ　受く黄落《こうらく》の　バプテスマ

銀杏散る　黄の一徹を　つらぬきて

ありの実や　人より受けし　智恵ばかり

荒巻の　声放つごと　口空けて

一列に　右へならへの　目刺かな

秋澄むや　ただ一絃の　音の綾

秋暮るる　径幅《みちはば》せまき　ところより

パスポート　持たず帰燕《きえん》の　まっしぐらに

節くれの　指が呉れたる　橡《とち》の餅

土塊《つちくれ》の　ごと八つ頭の　子沢山

麦の芽や　謝らぬ児の　小さき意地

井戸ポンプ　すこすこ青木の　実のこぼれ

針葉樹林の　蒼き匂ひや　雪催ひ

雪を来し　血の解《ほど》けゆく　足湯かな

生姜湯を　少し辛目に　夜の時雨

降誕祭　光撒くごと　鐘鳴りつぎ

青き地球　見てより親し　冬の月

賀茂の葱　とろりと泪《なみだ》　溜めてをり

片手袋　どこへ遊びに　いったやら

破《や》れ築地《ついじ》　突く大寒の　風の芯

大護摩の　烟りの果や　春の星

冬麗や　切口ひかる　琥珀飴

嫁御より　「転ばないで」と　梅だより

永き日の　同じ顔出す　鳩時計

円卓に　角ばってをり　新社員

和

寒夕焼

平成二十年〜二七年

芽柳の　もつれを解《もど》す　風若き

イースターに　花の万蕾　天へ向く

鉤針に　春めく一日《ひとひ》　すくひけり

春キャベツ　剥けばきゆるきゆる　笑ひけり

嵐電の　ゆらりと曲り　草萌ゆる

永き日を　ちぢめて老の　探しもの

ヒヤシンス　土に秘めたる　夢のいろ

風の薔薇　小《ち》さきは小さき　ままに揺れ

まだ見えぬ　嬰《やや》に指さし　朝の虹

語らひの　時過ぎやすし　母子草

レース編む　少女の白き　指の反り

あめんぼの　いのちしずかに　踏んばれる

新生姜　切るや酢水に　色染めて

篠筵《とむしろ》の　編目を頬に　子の目覚め

歯染《しだ》若葉　雨にうなづき　どほしかな

よしきりの　声に隙間の　無かりけり

ゆらぎつつ　風となりゆく　穂絮《ほわた》かな

行き※あひの　雲のたゆたふ　水の秋

※季節と季節が行き合うこと

石榴酒《ざくろしゅ》の　紅とくとくと　クラス会

残菊の　熟慮のいろを　束ねけり

小肥りを　風に囃《はや》され　吊し柿

喰ひ過ぎて　出口失なふ　栗の虫

あたたかや　ほどけば母の　返し縫

寒鮒煮る　大鍋の辺に　いまも祖母

ジグソーパズル　夜長の刻《とき》を　埋《うず》めゆく

底冷えの　底に坐りて　研師《とぎし》かな

買初めが　煎じ薬の　土瓶とは
根菜の　スープことこと　明日は雪

※うすらひを　押せば動きぬ　空の色

※薄氷

葛を溶く　心の枷《かせ》を　溶くやうに

不揃ひに　牛蒡ささがき　風邪ごこち

賀茂の葱　太し気丈に　生きねばと

夫逝去　平成二七年九二歳

春潮へ　身の帆柱を　立てむとす

普段着の　遺影の夫《つま》と　草の餅

涼風や　自由の時を　賜りて

遠き子を　寒夕焼に　祈るなり

趣味と共に

平成十五年十一月に「馬酔木」に
掲載していただいたエッセイです。

「俳句よりもっと好きなものは?」って聞かれたら「お喋りとコーラス」と答えてしまう私。「俳句と同じくらい好きなものは?」と聞かれたら「お花を写生する時、それと教会で静かに良いお話を聴いている時」と答えるだろう。勿論旅も好き。私はこんなにも好きなものを欲ばって持っている。だから楽しく、忙しい。けれど自慢できるものは何一つとして無い。

俳句とこれらの趣味との出会いには私なりの小さな道のりがあった。

長女が六年生になった頃、母の手ほどきで俳句を始めた。かれこれ四十年余り、切っても切れない愛着がある。

結婚した私は主人の両親との同居の日々であった。姑は昔堅気の厳しい人で、家事は何でも出来ない事はない働き者であった。その許で只々姑の指図に従うより他なく、いつも叱られ通しの私にとって俳句は一つの救いであり、遣り場のない気持ちを暫し忘れる事が出来たのである。

　でで虫やそのうち解る日もあらむ

など、心をほぐしゆく術を得た。

こうして波風を立てることもなく四十年の長い月日が流れた。矍鑠としていた姑も弱り、百歳を前にした三、四年はいつも私が姑の視野に居なければならない大変な日々となったのである。

その時「花の絵を楽しみませんか」と娘のお姑様に誘われ、月一度のお稽古を始めた。絵の素質も何もない私だったが懸命に習った。

美しく咲く花と向き合って筆を進める時、何もかも忘れ、無心になることが出来た。

家でも姑が半眼を開いて座っている同じ卓の傍で私は花に心を遊ばせることが出来た。花の無い時は瑞々しい野菜や果物たちを相手に……。

遂に百歳の天寿を全うした姑を夫と共に見送り、ほっと心の重荷を下ろすことが出来た。

鎖の切れた犬の如く六十五歳にして自分の生活の自由を得たのだった。

私のこの四十年を支えてくれたのは、夫と三人の子供たち、そして私が学生時代から持ち続けた信仰であったとしみじみおもう。仏教の家で育ち、女学校卒業後にミッションスクールに入学した。戸惑いながらも日々の聖書のお話やお祈りの中に徐々に信仰の種が蒔かれていた。そしていつか自己中心的な自分に気付かされていったのである。人生に最も大切なものを頂けたことを感謝している。

念願のコーラスに飛込んだのもこの頃で、ご近所の友だちと地区の小学校の音楽室へ、雪の日も酷暑の日も休まず通った。学生時代の聖歌隊の影響か、皆で合わせるハーモニーの美しさが大好きなのである。

そんな楽しい日々が暫く続いた時、ふと、「これでよいのかしら…」と何か虚しさが心をよぎった。何かせねば……と願っていた私に思いもかけず看護を要する母がわが家に転がりこむことになったのである。同意してくれた夫に感謝し、気を遣いつつ三人での生活が始まった。姑と同じように手はかかりつつも母娘のこと、私はお稽古ごとも、姉や義妹たちの助けを借りて続けることが出来た。

四年半の月日を経て、看護も私たちの限界となり、母も九十九歳の今は車椅子での入院生活を送っている。

こうしてようやく私たち夫婦二人の平和な生活が始まった。行こうと思えばどこへでも行ける今を、身にしみて嬉しく思うのである。

そして自分を慰めてくれた趣味が、何かのお役に立てればと思うこの頃である。若い日、司祭様に何かのお役をお断りして戒められた。「神様から折角与えられた能力を人の為に役立てないのは傲慢なことなのだよ」と。それ以後私は割に素直に自分の出来ることはさせて頂いている。(しかし出来ないことはこの限りにあらずである。)

コーラスの先生はボランティア活動に積極的で、施設や病院等度々訪問させて頂く。昔懐しい「ふるさと」や「ゆりかご」等の童謡はいつか口を開け涙ぐみつつ共に合唱して下さる。握手して「又来てね」と嬉しい言葉を頂くこともある。

ある日地区の小学校から「教育ボランティアをしてみませんか」と回覧板が来た。種別として、読み聞かせや自然観察、英語、パソコン等の分野があり、その他とある。まさか俳句は駄目だろう、しかもこの齢で……と随分迷った。が、意外にも「ぜひ俳句の添削をして下さい」と校長先生から頼まれ、恐縮しながらお引受けしたのである。

五、六月の季語を子供向けに選り提出する。早速全校へ応募用紙が配られた。三週間後には子供たちの作った俳句の入ったずっしり重い袋が私に手渡された。

子供たちの句の何と天真爛漫なこと…。私の顔もゆるみっぱなしの楽しさである。

コンクリート毛虫もにやにや動いてた

くもの巣に雨がかかって宝石ね

きらきらと落ちる梅雨たち涙かな

中々詩的なのにも驚く。七、八月号には

暑いからトマトの顔もまつかつか
冷蔵庫あけてびっくりビールだけ
夕立に昼寝をしたらもう朝だ

思わず吹き出すことも…。私はこの子供たち一人一人の気持に共感し、賞めたり励ましたりしてお返しする。秋―冬となりだんだん数も殖え、中には絵入りや匿名保護者も。

卒業式に想い出の俳句を一人ずつ発表されたことを先生からお聞きし感激一杯であった。

子供達に私の思いが伝えられ、少しでも俳句に親しんで貰えた事が何よりも嬉しく、今年もまた続けてゆきたいと思っている。

「生きている限り私が、何かのお役に立てますように」と祈りながら……。

あゝ主よ
生きているかぎり
私が
何かのお役に立つ
ことが
出来ますように。

ステフアト、フォード主教の祈り
より

あとがき

長年「俳句の本は出さない」と言い続けてきた母でしたが、「子供達や孫達のために句集を作ってほしい」と願い、今ここにささやかながら集大成としての母の句集を作ることができました。

俳句に無縁の私が、母にひとつひとつの句の意味やその想いを聞き取りながら、一緒に選んだものの、全くの素人の私がまとめてしまい、句集の風上にも置けない句集となる不遜をお許しいただきたいと思います。

京都の呉服屋の娘として苦労なく育った母は、働き者で口八丁手八丁の厳しい姑のいる家に嫁ぎ、姑の意のままに生きなければいけなかった人生でしたが、天性の明るさで、私達三人の子供を育て、一〇〇歳目前の姑を自宅で見送るまで、嫁として仕えました。そのような四〇年の日々、母を慰め、支えたもののひとつが俳句でした。

吟行に行くこともかなわず、母の俳句は、日々のさもない生活の中から生まれた句がほとんどでした。姑の目を気にしながら、台所仕事をしながら、子育てをしながら、庭仕事をしながら……

それも、どこか面白く、これは川柳じゃないの？ と思うような独特の俳句。昔、散らかり放題の中で俳句を考えている母に、「おかあさん、もっと素敵に住みたいと思わないの？」と問うた私に、「生まれて一度もそんなこと思ったことはないわ。私はどうしたら面白く生きていけるかしか考えたことがないわ」との返事に、母らしいなあと苦笑したことを思い出します。

姑との生活から解放された母は、しばらくは、思い切り羽根をのばし、楽しい時間を過ごしましたが、その後実母を引き取り、介護の日々を選びとることになりました。その数年の実母との時間にも、また多くの俳句が生まれました。そして、いよいよ年を取ってからの父との老老介護、この辺りはかなり辛い毎日でした。その後、父を看取り、母はやっとこさ看取りの人生から解放されました。

私は母の人生は本当に大変な人生だったとずっと思ってきました。しかし、この本を作ることを通して、母の句日記を読みながら、母の心に寄り添う機会を与えられました。俳句の中に詠まれた、私達子供や孫に寄せてくれた豊かな愛情をあらためて感じ、また、生きとし生ける小さな生き物によせる温かな母のまなざしも知ることができました。季語のある俳句の世界で、母は、移ろう季節を余すことなく感じながら、日々を過ごしていたことも知りました。辛く厳しい状況にいた母は俳句を通して視点を変え、新しい世界の中に生き、新しい力を与えられてきたのだと思いました。

一万句を越す母の句を前に整理を始めた私は、母の人生が、大変なだけではない、実はなんとも豊かな人生だったのだと思い知ることができたのです。そのことは、私にとって大きな喜びでした。

母を導いてくださった諸先生方には、母に代わり、心より感謝申し上げます。また共に切磋琢磨しながら、励まし、母を支えてくださった俳句のお仲間の皆さまにも、心より感謝いたします。そして、今回の出版に対して親身になって、様々なご助言をいただき、ご支援いただきました「かんよう出版」の松山様ご夫妻にも、心からの感謝を述べさせていただきます。

本来なら、母があとがきを書くべきところ、今や執筆は叶わぬ状況のため、母の心にある抱えきれないほどの感謝の気持ちを母に代わり、精一杯お伝えし、あとがきとさせていただきます。皆様に感謝を込めて。ありがとうございました。

長女　野々内　恵美子

追記

巻頭には母がしたためました聖書のみ言葉を、各章末には母が描いた絵を掲載させていただきました。また、孫やひ孫に読んでもらいたいとの思いで、ふりがなや言葉の説明も付記させていただきました。俳句に通じた皆様にはおめだるいこと、どうぞお許し下さいませ。

著者紹介
中川和子（なかがわ　かずこ）
昭和三年、京都に生まれる。「馬酔木」同人。

句集 母子草

二〇二一年五月八日 発行

著者 中川和子

発行者 松山 献

発行所 合同会社 かんよう出版
〒五三〇-〇〇一二
大阪市北区芝田二-八-一一 共栄ビル三階
電話〇五〇-五四七二-七五七八
FAX〇六-七六三二-三〇三九
http://kanyoushuppan.com
info@kanyoushuppan.com

装幀 堀木一男
印刷・製本 亜細亜印刷株式会社

ISBN 978-4-910004-58-7 C0092 Printed in Japan